I0639127

MEMOIRE

DE

L'UNIVERSITÉ

Sur les Moyens de pourvoir
à l'Instruction de la Jeunesse,
& de la perfectionner.

TABLE

Des Sommaires du Mémoire de l'Université, sur les moyens de pourvoir à l'Instruction de la Jeunesse, & de la perfectionner.

TABLE

AVANT-PROPOS.

I. *Difpofition de l'Univerfité fur l'objet des deux Arrêts du Parlement du 6 Août 1761.*

L'UNIVERSTÉ s'expliquera comme elle le doit, fur la matiere importante des deux Arrêts que le Parlement lui a fait l'honneur de lui communiquer. Il s'agit de l'ordre public rélativement aux Lettres, aux Sciencs & aux Arts, à leur enfeignement, & à l'inftruction de la jeuneffe. On ne peut contefter que l'Univerfité ne foit le feul Corps de l'Etat primitivement & effentiellement chargé de cet enfeignement laborieux, de cette éducation précieufe, de ce miniftère de premiere & indifpenfable néceffité ; elle eft donc fondée à faire entendre fa voix fur un objet qui lui eft propre. Pourroit-elle s'en difpenfer dans cette conjoncture ? Interrogée par le Sénat augufte, à la protection immédiate duquel nos Rois eux-mêmes l'ont confiée, affociée, pour ainfi dire, à fon travail, par une invitation également intéreffante & honorable, & mife à portée de concourir aux grandes vues d'utilité publique qui l'animent, elle manqueroit à l'Etat & à elle-même, fi elle gardoit plus long-tems un filence que nul motif ne peut autorifer aujourd'hui.

Il lui eft permis de fe fouvenir dans cette occafion, qu'il fut un tems où reconnue par les Magiftrats, comme ayant droit d'être

AVANT-PROPOS.

entendue dans les affaires publiques, & confultée par les Rois fes Maîtres, par les Princes étrangers & par les Souverains Pontifes, elle étoit toujours prête à répandre la lumiere, à dévoiler l'erreur & à manifefter la vérité. Elle croiroit fe deshonorer, fi elle démentoit ici ces premiers traits de lumiere, & ces productions nombreufes & convaincantes forties autrefois de fon fein, fur le fameux fujet qui occupe le Gouvernement & la Magiftrature. L'Univerfité a remarqué avec plaifir que ces pieces publiées en différens tems fur les vices de l'Inftitut, de la Doctrine, de la Morale & de la conduite des Jéfuites, ont fourni les matériaux les plus effentiels de tant d'écrits lumineux qui ont paru recemment

fur cette matiere. Elle a reconnu
fur-tout ces armes victorieufes
qui ont été prifes dans le même
fonds, pour combattre la Société
de Jefus, dans la caufe célebre
qui a donné lieu à l'examen de
fes Conftitutions. Elle a d'abord
été tentée de croire qu'elle pou-
voit abfolument s'en tenir à ce
qu'elle avoit dit tant de fois, re-
nouveller fes anciennes conclu-
fions, & applaudir avec tous les
Citoyens au travail & aux efforts
généreux des Magiftrats; d'où il
réfulte une évidence à laquelle la
raifon ne peut réfifter. Mais elle a
bientôt fenti que le bien public
exigeoit quelque chofe de plus de
fa part, & qu'il étoit de fon devoir de témoigner au Parlement
fa plus vive fenfibilité & fa plus

AVANT-PROPOS.

respectueuse reconnoissance en répondant avec plus d'étendue & d'exactitude à la haute sagesse de ses intentions.

II. *Plan du travail de l'Université.*

Les dispositions des deux Arrêts de cette Cour lui ont dicté la marche qu'elle devoit tenir. Elle s'est proposée d'abord de dévoiler l'abus de l'Institut des Jésuites, relativement à l'enseignement; de démontrer leur projet d'envahir l'instruction de toute la jeunesse catholique, tant par les Bulles qu'ils ont obtenues, & par leurs Constitutions, que par leurs tentatives & entreprises réitérées contre les Universités; & d'exposer les dangereuses conséquences de cette invasion, soit pour l'Eglise, ſoit pour l'Etat. Son deſſein étoit d'indiquer enſuite les moyens de remplacer ces Uſurpateurs; mais elle a été forcée par les circonſtances de renverſer cet Ordre, & de remplir d'abord ce dernier objet, parce que ſon utilité eſt devenue plus urgente, qu'elle s'étend pour ainſi dire à tout le Royaume, & qu'il importe de fixer les principes généraux ſur ce ſujet, pour porter plus de lumieres & de facilité dans les détails. L'Univerſité a vu avec une ſatisfaction ſinguliere que le Parlement, en excluant la Société de Jeſus de l'inſtruction publique, n'a pas craint que la jeuneſſe en fût privée dans cette Capitale, & ne s'eſt occupé des moyens d'y pourvoir que pour les autres parties de ſon Reſſort. Juſtement touchée de cette confiance, & pénétrée du zele le plus pur pour l'intérêt général sur lequel elle a l'honneur d'être consultée, elle le traitera avec la plus mûre réflexion, après s'être acquittée du tribut légitime d'action de graces qu'elle doit à cette Cour.

L'Université parlera ici comme dans la suite le langage qu'elle a toujours tenu, parce que c'est le langage de la vérité & de la justice. Plus l'objet lui paroît grand, plus elle sera attentive à s'exprimer avec circonspection & décence; mais en même tems avec force & fermeté. Elle évitera avec soin tout ce qui pourroit être odieux, & ne porteroit pas sur des faits bien avérés. Elle écartera sur-tout la plus légere influence de cette basse ja-

loufie qu'infpirent trop fouvent la
rivalité & le fouvenir des anciennes querelles. Nul efprit de parti
ne la dominera ; mais plutôt , ani-
mée du defir de fe montrer digne
de la confiance dont le Parlement
l'honore , & pleine du refpect le
plus profond, de la foumiffion la
plus entiere & d'un amour filial
pour le meilleur des Maîtres, elle
prendra pour fon point de réunion
& pour bafe de fon travail, le bien
public qui fut toujours le premier
mobile de fa conduite. Elle ne rap-
pellera fon intérêt particulier,
qu'autant qu'il eft une émanation
de ce principe refpectable auquel
tout doit être fubordonné. Pourroit-elle puifer dans d'autres fources les réflexions qu'elle va préfenter fur l'objet effentiel de ce
Mémoire ?

MOYENS

DE POURVOIR

A L'INSTRUCTION

DE

LA JEUNESSE,

ET

DE LA PERFECTIONNER.

I.

Importance de l'Education.

IL n'eſt rien de plus intéreſſant pour le
Gouvernement, & qui mérite plus ſon
attention & ſa vigilance, que l'éducation
des enfans. C'eſt dans cette Jeuneſſe que
ſeront pris les Miniſtres des Autels, les
Hommes d'Etat, les Généraux, les Dé-

fenfeurs de la Patrie, de l'honneur, de la vie & des biens des Citoyens, les organes de toutes les fonctions & adminiftrations particulieres, & cette foule de bras induftrieux deftinés aux befoins de la Société générale, que tout cet enfemble doit compofer. Les hommes ne naiffent point inftruits & formés ; il eft indifpenfable que l'éducation y fupplée, en fortifiant, autant qu'il eft poffible, leur organifation ; mais fur-tout en étendant les facultés & toute la fphere de leur efprit, & en reglant de bonne heure leurs actions & leurs mœurs. Chaque individu, dès qu'il jouit de la lumiere, fait partie du grand corps Politique de l'Etat ; il doit un jour en procurer ou favorifer les avantages ; il eft tenu fur-tout de n'en jamais troubler la tranquillité, l'ordre & l'harmonie. Il poffede dès fa naiffance un fonds qui peut être heureufement tourné vers l'utilité commune ; mais ce fonds brut & informe, pour fructifier ainfi, a befoin d'être défriché, nourri & foigné par des mains prudentes & habiles. Le défaut, ou les vices de l'inftitution étouffent bien fouvent les germes les plus précieux des talens & des vertus. Une bonne culture au contraire les développe toujours heureufement, adoucit & tempere la dureté & l'âpreté des terreins les plus ingrats, fertilife tout, ramene tout au bien général. La plûpart des avantages de la vie font bornés à un certain tems & à certaines circonftances; ils fe diffipent, ils nous échappent. Les fruits d'une excellente éducation s'étendent à tout, font permanents, & ne fe perdent jamais. Elle fait le bonheur de ceux qui en font l'objet, en les mettant en état de réparer les injuftices du fort, d'acquerir de la confidération, & de fervir leur Patrie. Elle eft la confolation des familles dont les jeunes gens bien élevés deviennent l'ornement & l'appui. Elle eft enfin une fource féconde

de ſuccès & de biens pour la Société générale, qui en tire ſans doute le plus
grand profit. La Nation où les enfans auroient reçu la meilleure éducation poſſible, ſeroit ſans doute la plus formida-
ble, la plus floriſſante & la plus heureuſe;
parce que tous les devoirs y ſeroient remplis avec intelligence & exactitude, tout
y ſeroit Citoyen, tout y ſeroit dirigé au
ſervice de l'Etat. Il eſt donc évident que
le Gouvernement ne ſçauroit veiller avec
trop d'attention à cet objet fondamental,
& que, s'il parvenoit à établir le plan le
plus parfait à cet égard, il ſeroit ſûr d'a-
voir poſé la baſe de la proſpérité & du
bonheur de cet Empire.

I I.

L'Education ne doit point être privée, mais publique.

Il s'agit d'un trop grand intérêt, pour
s'en rapporter à la volonté ſouvent capri-
cieuſe & peu éclairée des Particuliers.

Leurs enfans appartiennent à l'Etat. Il faut donc que l'Etat faſſe les premiers frais de leur inſtruction, par la ſtabilité des regles qui doivent la rendre utile & fructueuſe, & par la ſupériorité de ſa direction & de ſa ſurveillance. L'éducation privée iſole trop les jeunes gens, les accoutume à ſe regarder comme le centre des attentions, leur donne trop d'amour-propre, n'inſpire point les vertus ſociales, n'excite aucune émulation, & s'éloigne trop de l'idée du bien commun. Tous les individus & toutes les familles doivent être formées ſur le plan général de la grande famille qui les embraſſe toutes. Il importe donc de jetter promptement les enfans dans la ſociété de leurs ſemblables, de les unir par des exercices & des intérêts communs, de leur donner toujours l'idée d'une attention générale & également partagée à tous, de les animer à bien faire à l'envi les uns des autres, de leur apprendre que tous les hom-

A iij

mes font freres, qu'ils font égaux dans le fonds & par leur nature, qu'ils font effentiellement liés par la réciprocité des befoins & des fervices, que le plus grand eft le plus bienfaifant ; que s'il eft des rangs & des diftinctions honorables dans l'Etat, tout ce qui en fait partie, tout ce qui contribue au bien & à la gloire de ce vafte tout, doit être à cet égard un objet d'attention & de refpect. Telle eft la prééminence frappante de l'éducation publique. En attachant aux jeunes gens des Gouverneurs ou Précepteurs foumis à la jufte fupériorité des Inftituteurs publics, il fera aifé d'y joindre les avantages de l'inftruction privée ; mais celle-ci ne pourra jamais par elle-même produire les heureux fruits que le Gouvernement eft en droit de recueillir de celle qui eft faite fous fon autorité & fous fes yeux.

I I I.

L'éducation doit être générale & commune.

Les principes inconteftables que l'on

vient d'établir, démontrent évidemment
l'importance du choix des Maîtres auxquels il convient de livrer le soin d'élever cette Jeunesse, qui fait l'espérance de
l'Etat, qui doit réparer ses fautes & ses
pertes, qui doit le perpétuer, l'orner &
le soutenir. Si tout homme, dès ses ten-
dres ans, annonçoit une aptitude sûre &
décidée pour une profession particuliere,
il paroîtroit indispensable de varier l'éducation & de la subordonner à ce vœu
bien marqué de la Nature. Alors le seul
Clergé seroit, avec raison, jugé digne
d'instruire les enfans privilégiés qu'une
vocation sainte & prématurée destineroit
au Ministere sacré; les Militaires seuls seroient propres à former dans l'art péril-
leux de la guerre cette jeunesse valeu-
reuse dans l'âge timide, à qui la Nature,
auroit mis les armes à la main; les Ju-
risconsultes seroient les vrais & utiles
Instituteurs des enfans qu'une disposition
plus pacifique appelleroit à la fonction

intéreſſante de rendre à un chacun ce qui lui appartiendroit; en un mot, tous les Maîtres dans les différens Arts ſembleroient invités par la Nature à venir reconnoître l'empreinte particuliere par laquelle elle leur auroit deſtiné l'inſtruction de certains enfans. Mais il n'en eſt point ainſi aſſurément; la raiſon & l'expérience nous prouvent au contraire, que dans l'enfance les germes des qualités particulieres, & des talens futurs, ſont enveloppés d'un voile fort épais; & que ſouvent, après une culture aſſez longue & éclairée, il eſt encore mal-aiſé d'en démêler avec juſteſſe le caractere diſtinctif. Quand même les indications de la Nature à cet égard ſeroient plus préciſes & plus précoces qu'elles ne le ſont, il eſt toujours une maſſe conſidérable de notions préliminaires & de devoirs généraux, dont l'intelligence eſt indiſpenſable pour toute ſorte d'état, & doit applanir la route des ſciences & des profeſſions particulie-

res. L'esprit a besoin de s'exercer par
degrés, de grossir peu à peu le nombre
de ses idées & de ses connoissances, de
se fortifier successivement pour mieux en
saisir les rapports, pour s'élever à des ob-
ets plus grands, plus compliqués & plus
utiles, & pour reconnoître précisément
l'art ou l'état le plus analogue à ses facultés & à ses inclinations. Il faut donc
un plan général pour élever toute la Jeunesse d'une Nation, une institution commune également convenable à toutes les
classes de Citoyens, un enseignement
préliminaire qui développe, manifeste &
perfectionne toutes les dispositions natu-
relles pour les différentes fonctions dont
le concours importe au bonheur & à la
gloire d'un Etat.

I V.

*Principe sur le choix des Maîtres. Ils
doivent être vrais Membres de l'Etat.*

Puisque l'on ne peut donner pour premiers Instituteurs, aux jeunes gens, les Maîtres particuliers dans les arts qu'ils doivent embrasser un jour, quelles sont donc les mains sages, adroites & habiles auxquelles il convient de livrer cette éducation primitive, publique & générale, dont ils ont besoin ? La raison, la fin qu'on se propose, le bien de la Société démontrent évidemment que ce Ministere essentiel ne doit être confié qu'à de vrais Membres de l'Etat, qu'à des Sujets qui ne connoissent point de liens plus forts que ceux qui les attachent à l'Etat, qu'à ceux dont l'intérêt propre & personnel se confond & s'incorpore naturellement avec l'intérêt de l'Etat.

V.

Exclusion des Réguliers de tout Enseignement public.

Ce principe dont on ne peut sensément contester la vérité, exclut évidemment tous les Réguliers de l'enseignement de la Jeuneſſe. On conviendra ſans peine qu'il eſt des Congrégations particulieres formées dans le ſein du Royaume, attachées à ſes maximes, & régies par un Général François, qui cultivent les Lettres avec diſtinction, & qui ont mérité à bien des égards la confiance de l'Etat. C'eſt au Gouvernement à examiner ſi l'exception que l'on pourroit faire en leur faveur, ne choqueroit pas trop directement un principe fondamental ſi ſolidement établi, & dont il importe de ne jamais ſe départir. Un Religieux quelconque lié par des vœux, ne tient à rien auſſi étroitement qu'à l'Ordre auquel ces nœuds ſacrés l'attachent. C'eſt l'Inſtitut de ce même Ordre, & non la conſtitution de l'Etat où il vit, qui eſt ſa regle. La dépendance entiere où il ſe trouve de ſes Supérieurs, les lui fait regarder comme ſes moteurs uniques. N'attendant que d'eux des douceurs, des graces, & la ſorte

de fortune dont il eſt ſuſceptible, il cher-
che plus à leur plaire, qu'à ceux qui tien-
nent les rênes du Gouvernement Politique. Il n'a point l'eſprit de ſa Patrie, il
a celui de ſa Communauté. Il ne voit ſon
bien être & ſon élevation que dans celle
de ſon Ordre. Cet objet dont il eſt eſſen-
tiellement occupé, lui fait ſouvent oublier ſes parens, ſa famille, ſes amis &
ſes concitoyens. Il concentre pour l'ordinaire tout ſon intérêt dans ſon Ordre.
L'attachement dont les hommes ſont capables, n'a qu'une certaine meſure bor-
née. Quand on en applique une portion
à un objet, quel qu'il ſoit, même le plus
vil, on en conſerve moins pour ceux
auxquels le devoir nous lie. Il n'en reſte
donc preſque point pour le corps de la
Nation à un Religieux, qui par état, par
habitude & par néceſſité, a ſon eſprit &
ſon cœur enchaînés à ſon Inſtitut.

Ne ſeroit-ce pas renoncer aux lumieres

de la raiſon, que de juger un tel homme
propre à tourner la Jeuneſſe vers le bien
général de l'Etat ? Quand même il en auroit la volonté la plus ſincere & la plus
pure, pourroit-on ſe flatter que cette heureuſe direction ne fût point changée par
l'empire qu'exercent ſur lui ſes Supérieurs. Ceux-ci ſouvent étrangers à l'E-
tat, plus particulierement aſſujettis par la
regle, & plus exercés par l'uſage, à veiller au bien commun de l'aſſociation Religieuſe qu'ils gouvernent, conduiſent
tout à ce ſeul but. Ils ne reçoivent la plûpart les Colléges & les Fondations, que
dans les ſens de leurs Conſtitutions ; c'eſt-
à-dire, qu'ils les ſubordonnent à leur intérêt & à leur régime. Ils tranſportent arbi-
trairement les Sujets d'une Province dans
une autre ; ils les font paſſer des plus
baſſes Claſſes aux plus hautes ; ils don-
nent ainſi à la Jeuneſſe des Maîtres qui
ſont eux mêmes preſque toujours Eco-

liers; souvent ils les arrachent à l'enseignement pour les employer à la direction spirituelle, à la prédication, aux missions, à la gestion œconomique. Tout est amovible chez eux, il n'est rien de stable & de permanent. Ils dirigent tout suivant les vûes particulieres & intéressées de leur Société ou de leur Congrégation. Dans tous ces mouvemens sur lesquels le Gouvernement Politique n'est jamais consulté, il est comme impossible qu'un Sujet acquiere une consistence solide & parfaitement convenable au grand objet de l'instruction publique. La Jeunesse est livrée à des Instituteurs passagers, errans, souvent inconnus, toujours animés d'un autre esprit que de celui de la Nation qu'il s'agit de servir. L'Etat semble même n'avoir ni le droit, ni les moyens de s'assurer des mœurs, de la capacité & des talens de ces Maîtres indépendans, donnés par des mains étrangeres.

Il est vrai que les Supérieurs Religieux

portent ordinairement une attention plus particuliere aux Colleges des grandes Villes ; mais tous les autres font abandonnés à l'impéritie , & la plus grande partie de la jeuneſſe Françoiſe manque d'inſtruction , croupit dans l'ignorance , ne fert point la Patrie comme elle le pourroit , & ſçait à peine tout ce qu'elle lui doit. On ne craindra pas de convenir auſſi , que les Réguliers ou les Clercs attachés à quelque Congrégation particuliere font aſſez attentifs à démêler dans leurs Eleves les talens les plus faillans ; mais c'eſt pour les tourner au profit de leur Ordre , & non à celui de la Nation à laquelle ils appartiennent. Combien de ſujets arrachés ainſi à l'Etat , dont ils auroient fait l'ornement & la gloire , pour être renfermés moins utilement dans la ſphere étroite d'une Société Religieuſe , & pour être tranſplantés , en quelque forte , dans un Etat étranger. On a vu quelquefois des familles obligées de s'oppoſer avec force à cette ſéduction , & de réclamer le ſecours des Magiſtrats ſupérieurs contre de tels enlevemens. On connoît aſſez les autres voyes ſi juſtement regardées comme ſuſpectes , & ſouvent proſcrites par les Tribunaux , à la faveur deſquelles les Ordres Religieux affilient à leurs Corps ceux qu'ils n'ont pu ou qu'ils n'ont pas cru devoir adopter parmi eux. On n'eſt que trop inſtruit de l'influence que l'inſtruction de la jeuneſſe leur donne ſur l'intérieur des familles. Heureuſement nous ne ſommes plus dans ces tems d'ignorance, où les Moines recueillirent dans leurs Cloîtres les débris des Lettres diſperſées par la barbarie. Nous ne ſommes plus forcés de recourir à eux pour les perpétuer & les faire fleurir. Tout ce que l'on vient d'expoſer , d'après l'expérience , démontre clairement qu'un Etat qui livre l'éducation publique à pluſieurs Ordres Réguliers , introduit chez lui des intérêts différens qui

ſe

se croisent réciproquement, & heurtent presque toujours le grand intérêt du tout, qu'il admet, pour ainsi dire, dans son sein, plusieurs Etats particuliers & distincts qui rompent son unité, & que cette bigarure dangereuse est absolument incompatible avec l'uniformité de vûes & de conduite qu'exige l'objet essentiel dont il s'agit. Il est donc évident que le bien de l'Etat demande l'exclusion la plus légale & la plus authentique des Ordres Religieux, & peut-être des Congrégations particulieres de tout enseignement public.

On n'aura point à craindre leur inutilité, si on les rappelle, comme il convient, à leur institution primitive. Les uns se devoueront, comme ils le doivent, à la solitude, à la priere, au chant des louanges de Dieu, aux différens exercices de piété. D'autres se livreront aux travaux littéraires du cabinet, à la traduction, à la composition, à la correc-

B

tion des Ouvrages les plus utiles à l'E-
glife & à l'Etat. Un grand nombre fe con-
facrera à la confeffion , à la chaire, aux
miffions , & à toutes les fonctions du fa-
cré miniftere , fous l'autorité des Pafteurs du premier & du fecond Ordre.
Tous enfin inftruiront leurs Novices con-
formément à leur Inftitut & à leurs regles. Si la Loi , qui leur ôtera le foin important d'élever la jeuneffe , les rend
moins nombreux , l'Etat y gagnera évidemment par les fujets qui refflueront
dans la Société générale , & les vœux des
meilleurs Citoyens feront remplis à cet
égard.

V I.

Les Eccléfiaftiques Séculiers & les Laïcs
méritent feuls être chargés de l'inftruc-
tion publique. Importance d'un bon choix.

Le Gouvernement ne peut héfiter de
remplacer ces Maîtres étrangers par de
vrais Membres de l'Etat. Ce choix effen-

tiél, qui, felon ce principe, ne peut tomber que fur des Eccléfiaftiques Séculiers ou des Laïcs, ne fçauroit être abandonné entierement aux Officiers municipaux des Villes, qui, fouvent avec les intentions les plus pures, n'ont point affez de lumieres fur cette matiere, ou ne font point à portée de connoître les fujets les plus dignes de la confiance publique. Le Gouvernement ne peut prendre de trop grandes précautions pour bien conftater la probité, les bonnes mœurs, le caractere & la fcience de ces inftituteurs de la Jeuneffe.

V I I.

L'Enfeignement ne doit point être arbitraire, mais affujetti à des regles & à une méthode générale.

Il eft également important que ceux-ci une fois examinés, approuvés & élus foient affujettis à un plan général, fagement digéré, dûement convenu & re-

vêtu du sceau de l'autorité publique, &
que leur conduite soit constamment &
universellement dirigée par des regles
fixes, invariables, & toutes relatives au
bien commun. Sans cela on s'écarteroit
bientôt de ce but, un grand nombre de
Citoyens seroient mal instruits, l'ignorance & la perte des Lettres seroient
infailliblement les malheureuses suites
d'une éducation arbitraire. Quels seront
donc ces Examinateurs, ces Approba-
teurs, ces Juges, ces Directeurs supérieurs des Maîtres publics répandus dans
toutes les parties de l'Etat ? Où trou-
vera-t-on assez de lumieres, assez d'expérience, assez de prudence & de vûes
pour dresser le plan d'études le plus utile
& le plus convenable qu'il est possible
au bien de l'Etat, & pour fixer ces regles qui doivent en assurer l'exécution ?

VIII.

L'Université doit avoir la principale part au choix & à l'examen des Maîtres, ainfi qu'à l'établiffement du plan d'études.

S'il étoit parmi nous, dira-t-on, un Corps confidérable uniquement compofé de nos vrais Concitoyens, établi de tems immémorial, & folemnellement auto-rifé par les Loix de l'Etat à cultiver les Lettres & les Sciences, à les enfeigner & à conférer le pouvoir de cet enfeigne-ment ; fi ce Corps eût toujours rempli dignement ces fonctions utiles & hono-rables, s'il s'en acquittoit encore avec autant de diftinction que de zele, nous aurions, fans balancer, recours à lui, & il mériteroit feul notre confiance. Ce que vous demandez eft au milieu de vous, & vous femblez en ignorer l'e-xiftence. C'eft l'Univerfité. Fondée par l'augufte Chef de la Race Carlovingien-

ne, reftaurée, foutenue, & conftamment
protégée par tous les Héros de la Race
glorieufement regnante ; elle eft la Fille
aînée de nos Rois. Cette noble origine
& cet illuftre titre , joints à la fingula-
rité des circonftances , femblent l'autorifer ici à parler d'elle-même. Ils feroient
fon humiliation , fi elle avoit eu le malheur d'oublier fes devoirs & de s'écarter
de l'objet propre de fon établiffement.
Son nom & fa conftitution défignent évidemment l'univerfalité des Sciences ,
dont l'enfeignement exclufif lui eft confié par les Loix de l'Etat. Elle fut autrefois la feule Ecole de ce Royaume & de
toute l'Europe, & jouit alors de la plus
grande célébrité, long-tems avant la naiffance de prefque tous les Ordres Religieux, qui dans la fuite fe font appro-
priés , contre la difpofition de la Loi ,
une partie de fes fonctions. Malgré tous
les efforts des ufurpateurs étrangers qui
ont envahi fon domaine , elle a toujours

fubfifté , elle a maintenu fa difcipline , elle a confervé fa réputation , elle a fervi fidélement l'Etat. Les orages qui l'ont agitée dans le dernier fiecle , & même dans celui-ci, ne l'ont point ébranlée ; elle peut fe flatter encore aujourd'hui de n'avoir point dégénéré. Tandis que les trois Facultés fupérieures s'appliquent avec autant d'utilité que de zele à enfeigner les hautes Sciences , qui ont pour objet les plus grands intérêts fpirituels & temporels de l'humanité ; les études qui doivent en frayer le chemin , & préparer tous les Citoyens indiftinctement à leurs devoirs refpectifs , font floriffantes dans les dix Colleges de plein exercice que poffede la Faculté des Arts. Le Recteur , les Chefs des Nations , les Principaux & les Profeffeurs qui en ont l'adminiftration , ne font jamais mûs ni conduits par aucune impreffion étrangere & inconnue. Les Loix générales du Royaume & les Loix particulieres portées par

des Statuts compofés fous les yeux du
Gouvernement, & revêtus de l'autorité
publique, font leurs feules régles. Les
Régens ne paffent jamais rapidement d'un
objet à un autre ; fixés conftamment &
prefque toujours pour la vie à une même
claffe, ils y acquierent cette heureufe facilité & cette habitude éclairée qui font
les grands Maîtres. On ne voit pas dans
ces Ecoles ces jeux futiles & fouvent
ridicules qui difpofent la Jeuneffe à
une frivolité trop juftement reprochée
à notre Nation. Toutes les inftructions &
les exercices littéraires les plus variés portent un caractere de folidité & d'utilité.
On n'a point à craindre que jamais les
Difciples foient imbus d'aucun fenti-
ment fufpect. On ne ceffe de leur infpi-
rer l'attachement & la foumiffion par-
faite aux Loix, aux Coutumes, & aux
maximes de l'Etat. Dans cette premiere
Ecole publique tout tend à la Religion,
aux mœurs, à la fcience & au bien général de la Patrie. IX,

I X.

*Il eſt injuſte que l'Univerſité ſoit privée
d'une partie de ſon héritage.*

Il eſt évidemment contraire à l'inten-
tion de nos Rois Fondateurs & Protecteurs de l'Univerſité , à la diſpoſition ex-
preſſe des Loix , au vœu de la Nation , au
bon ordre & à l'exacte police , qu'un tel
Corps établi dans la Capitale & où ſe
trouve l'inſtruction la plus abondante &
la plus réguliere , y ait été dépouillé d'une
partie de ſon héritage , pour la voir tranſ-
portée dans des mains étrangeres régies
par d'autres Loix que par celles de l'E-
tat , & ſervilement ſoumiſes aux ordres
d'un Monarque le plus ſouvent natif &
toujours habitant des régions ultramon-
taines. L'Univerſité ſe croit en droit de
s'élever & de réclamer aujourd'hui , comme elle l'a toujours fait , contre un abus
trop long-tems toléré , qui dans le fonds
n'a jamais été légalement autoriſé , qui
lui ôte , pour ainſi dire , ſa domination ,

qui blesse essentiellement ses droits & ses privileges exclusifs, & qui choque encore plus l'intérêt public. Elle a eu l'honneur d'élever dans son College de Navarre un Roi des plus éloquens, Henri III, & ce Héros immortel, le grand Henri IV ; elle fut l'Ecole des Fils de nos Rois, lorsqu'elle étoit presque toute renfermée dans le Cloître Notre-Dame. Le célebre Gerbert, * qui y avoit été formé, présida à l'éducation du sçavant & pieux Roi Robert, dans l'Ecole de Reims, qui en étoit une émanation. Elle a suffi long-tems à l'instruction de tout le Royaume, & presque de toute l'Europe. Comment auroit-elle besoin de coopérateurs étrangers, dans un tems où les lumieres sont plus répandues, où tant de vrais Membres de l'Etat se livrent à l'étude des Sciences, où tant de Compagnies formées & protégées par le Gouverne-

---

* Il fut successivement Archevêque de Reims, Archevêque de Ravenne, & Pape sous le nom de Sylvestre II.

ment défrichent & cultivent les différens champs de la littérature, lui fourniffent les matériaux les plus abondans & les plus propres à être mis en œuvre, & la fecondent ainfi admirablement ?

X.

Les autres Univerfités du Royaume ont les mêmes droits. Moyens de les relever.

L'Univerfité manqueroit fans doute à ce qu'elle doit à l'Etat & aux autres Univerfités, qu'elle eft en poffeffion de regarder comme fes filles, fi elle ne joignoit ici en leur faveur la réclamation & les inftances les plus juftes & les plus fortes. Leur Conftitution & leurs Loix font foncierement les mêmes, elles ont effentiellement les mêmes droits & les mêmes privileges. L'enfeignement total & exclufif des Lettres, Sciences & Arts doit donc leur être dévolu fans exception, pour établir une heureufe uniformité dans une matiere fi intéreffante, & pour ramener tout à la Loi ancienne

& fondamentale de la Monarchie à cet égard. Cette Loi, qui pour le bien de l'Etat ne dût jamais être oubliée ni enfreinte, n'a point été méconnue par ceux même en faveur de qui elle a été violée ; ils lui ont rendu hommage & ont dépofé pour elle, par les entreprifes & les efforts réitérés qu'ils ont faits pour s'emparer des Univerfités, ou du moins pour s'y faire aggréger. Si parmi ces Univerfités il en eft plufieurs que le malheur des circonftances, la rivalité & les ufurpations des Religieux ont jetté dans la langueur, la fageffe du Gouvernement plus particulierement attentive à cet objet intéreffant, trouvera aifément les moyens de les relever. Des Eccléfiaftiques pieux & éclairés, des Laïcs zélés pour les Lettres, fe feront un honneur de contribuer à redonner une nouvelle vie à ces Corps trop long-tems négligés, mais déformais plus chéris, plus confidérés & mieux protégés. L'enfeignement ôté aux Réguliers y fera refluer un plus grand nombre de fujets. Les Colleges feront donnés à la Faculté des Arts ; toutes les fondations rélatives aux Lettres lui feront appliquées autant qu'il fera poffible. Les Magiftrats & les Officiers municipaux des Villes feront confultés & écoutés, comme il eft jufte, fur tous ces détails & fur tous les arrangemens économiques. Ils feront intéreffés à donner un nouveau luftre à leur Patrie, à procurer à leurs jeunes gens une éducation plus relative aux devoirs des Citoyens, & à leur ménager la facilité de paffer dans les différentes profeffions honnêtes dont elle les aura rendus capables. Pour animer l'émulation, les Chaires vacantes feront folemnellement difputées, & l'on prendra des précautions pour que le jugement, toujours équitable, ne les défere qu'à la fupériorité du mérite. Pour ne point tomber dans les inconvéniens d'un enfeignement arbitraire, & lier les Profeffeurs & les

Difciples par la jufte févérité de la regle ;
il importe de ramener prudemment les
anciennes formes & les Statuts de chaque Univerfité à une méthode générale ,
rélativement à l'état actuel des chofes ,
& de les rapprocher , autant qu'il fe
pourra, du plan de la premiere de toutes. L'Univerfité offre fes avis , fes
fervices, fon travail , & même des fujets
pour coopérer à la reftauration de ces
Corps utiles.

Elle penfe qu'ils ne doivent point être
trop multipliés , & qu'il faut les placer
à de certaines diftances les uns des autres , pour ne point fe nuire réciproquement & pour pouvoir fe foutenir avec
une forte d'éclat. S'il fe trouve quelque
Univerfité , qui , par le défaut réel des
moyens & de fujets, ou par fa trop grande proximité d'une école fameufe, ne foit
pas fufceptible d'une certaine perfection ;
on croit, que fans balancer, le gouvernement doit fe déterminer à la fupprimer.

Les fciences fleuriffent en Angleterre , &
n'y font enfeignées que dans deux Univerfités. Il eft vrai que l'Irlande en a
une , & l'Ecoffe quatre. Tout le monde
convient affez qu'il y en a un peu trop
en France , quoiqu'elle foit beaucoup
plus grande que les Ifles Britanniques ,
qu'on pourroit utilement en retrancher
quelques-unes , & qu'il vaudroit mieux
en avoir moins, pour les avoir meilleures.
L'exemple de l'Efpagne , de l'Italie , de
l'Allemagne , & des Provinces-Unies ,
où il s'en trouve beaucoup d'une grande
réputation , prouve cependant que ce
Royaume , auffi fécond qu'aucun autre
en reffources littéraires , pourroit en en-
tretenir un affez grand nombre de célé-
bres. On laiffe à la prudence & aux vûes
fupérieures du gouvernement, à fixer ce
jufte milieu également éloigné des deux ,
excès vicieux qu'il faut éviter ; à com-
biner la pofition , la nature & le génie
des habitans des villes , où les Univerfi-

tés font établies, avec les avantages des peuples voifins & de tout le Royaume ; à s'occuper d'étayer plus promptement ces anciennes écoles , qui n'ont point entièrement déchu de leur célébrité , & que de foibles fecours porteroient aifément à la plus haute confidération ; à examiner enfin, s'il eft poffible, comme la régularité d'un plan général l'exigeroit , de réunir dans toutes les Univerfités du Royaume , les trois Facultés fupérieures , avec la Faculté des Arts, qui ne doit jamais y manquer, à caufe de fon utilité primitive & fondamentale pour toutes les claffes des Citoyens.

La raifon d'Etat & le bien général de la Nation , que l'Univerfité ne peut fe difpenfer d'embrafler dans fes vûes, quand il s'agit d'enfeignement , lui ont dicté les réflexions qu'elle vient de préfenter. Elle feroit au défefpoir de nuire aux intérêts d'aucune ville. Comme la Mere & la primatiale des autres Universités du Royaume, elle désireroit qu'elles fussent toutes conservées, s'il étoit possible, & elle feroit tous ses efforts pour y concourir. Elle croit que les six qui se trouvent dans le ressort du Parlement, ne sont point trop nombreuses pour une si grande étendue, & qu'elles peuvent être aisément soutenues dans un état brillant. Comme elles lui sont plus particulierement affiliées, elle se fera toujours un devoir d'y porter l'intérêt le plus direct & le plus vif.

On remarque en Allemagne que les Universités Protestantes sont devenues les plus sçavantes & les plus fameuses. La raison en est toute simple, c'est qu'elles sont uniquement composées des membres de l'Etat, qu'elles sont régies sur un plan analogue à ses Usages & à ses Loix, & perpétuellement surveillées & soutenues par le Gouvernement. Les écoles Catholiques au contraire envahies en totalité, ou en partie par les

Réguliers, adminiſtrées ſur des principes étrangers & ſouvent oppoſés à ceux
de l'Etat, & indépendantes en quelque
ſorte du miniſtère public, ont dû né-
ceſſairement perdre leur ancienne célébrité.

Inſtruiſons-nous encore par l'expérience de nos voiſins. Nous voyons des
Univerſités brillantes dans la plûpart des
petits Etats du Corps Germanique, ſané
que leur proximité y ſoit un obſtacle.
C'eſt, ſans doute, parce que ces Corps
ſont placés plus immédiatement ſous la
vûe des Princes & de leurs Conſeils,
qu'ils en ſont plus chéris, & plus particulierement protégés. Ne ſeroit-il pas
poſſible dans un grand Etat comme celui-
ci, de multiplier les yeux du Monarque
reſpectable, qui le gouverne avec tant
d'humanité, ſans qu'ils perdiſſent rien
de leur ſagacité & de leur influence bien-
faiſante ?

On en a dit aſſez pour établir, que

les Univerſités ſont les premiers &
les plus anciens Corps de Littérature du
Royaume , que l'enſeignement général
des Sciences & des Arts , eſt leur appa-
nage eſſentiel , qu'il appartient à elles
ſeules d'examiner , d'approuver , & d'admettre à la Maîtriſe les ſujets qui ſe pré-
ſentent ; que tous les Inſtituteurs de la
jeuneſſe doivent être pris dans leur ſein ,
que l'Etat peut ſe repoſer ſur leur zèle
de ce choix important ; qu'un plan uni-
verſel d'éducation le plus convenable à
la totalité des Citoyens , doit être prin-
cipalement le fruit de leur travail ; que
les premiers Magiſtrats & le gouvernement doivent y préſider , y joindre leurs
vûes ſupérieures , preſcrire les Loix les
plus propres à en aſſurer l'exécution &
revêtir le tout du ſceau de l'autorité publique.

I I.

Les Colléges doivent dépendre des Uni-
verſités, & les Pédagogies des Collé-
ges. Le tout doit former l'adminiſtra-
tion ſcholaſtique ou littéraire.

Les Univerſités iſolées, & bornées aux
Villes où elles ont été fondées, ne ſuffi-
roient pas pour remplir le grand objet
d'une inſtruction générale néceſſaire à
toute les. parties de l'Etat ; il importe
que leur inſpection, leur vigilance, &
leur utilité ſe répandent dans toute l'é-
tendue du Royaume, que par tout l'enſeignement ſoit dirigé par elles, qu'elles
ſoient en quelque ſorte préſentes, &
qu'elles veillent par leurs Suppôts, dans
tous les lieux, à l'inſtitution de la jeuneſſe ; qu'elles ſoient en un mot les métropoles de toute l'adminiſtration ſcholaſtique & littéraire. Cette idée, qui au
premier abord peut paroître giganteſque
& chimérique, eſt fort aiſée à réaliſer.

Il ne faut pour cela, que confier les Colléges des Villes particulieres aux Universités voisines, adjuger la possession des
Chaires aux seuls Maîtres ès-Arts, ou
aux Gradués des Facultés supérieures, &
les faire disputer publiquement. Ces
concours, très-propres à ranimer singu-
lierement l'émulation, doivent être cé-
lébrés dans les Universités avec toute la
solemnité & la régularité possibles, hono-
rés de la présence des Magistrats, & re-
gardés comme autant d'époques dans
l'Histoire des Lettres. L'Université don-
nera ses lumières en détail sur la matière
& sur la forme des différens exercices de
ces combats littéraires, pour les Chaires
vacantes, tant dans les Universités mêmes, que dans les Colléges de leur dépendance. Il paroît convenable que les
Villes intéressées au choix des Profes-
feurs, qui doivent élever leur jeunesse,
assistent par un député, ou par un repré-
sentant, à ces disputes. Les seuls Maîtres

de l'Université jugeront du mérite res-
pectif des compétiteurs, & celui d'en-
tr'eux qui aura réuni la pluralité des suf-
frages, sera couronné & pourvu de la
place. Si les Villes ou les Fondateurs
particuliers avoient un droit d'élection
bien constaté, les Universités le leur
conserveroient, en leur présentant les
deux ou trois sujets, qu'elles auroient
jugé les plus capables.

Quant au choix essentiel des Principaux
& Supérieurs de ces Colléges, ce doit être
une des principales fonctions du Tribunal
Académique composé du Recteur, des
Chefs des Facultés, & des Officiers de
l'Université, assistés de deux députés de
chaque Compagnie, & l'on ne pourra jamais jetter les yeux que sur des Professeurs émérites d'une expérience & d'une
sagesse consommées. Ces principaux seront obligés de rendre tous les six mois,
ou au moins tous les ans, un compte
exact à l'Université métropolitaine du tra-

vail & du zèle des Profeffeurs, du nombre, des progrès, & de la force des éco-
liers, & des différens exercices, qui fe
feront faits dans le Collége, pour le tout
être envoyé à M. le Procureur Général, & mis au dépôt du miniftère public.
Des députés de ces Univerfités feront de
plus une fois l'an, la vifite des Colléges
de leur reffort ou de leur territoire, pour
s'affurer, fi tout eft dans la régle, & fi
le plan général, dont on fera convenu,
eft fidélement exécuté, & exerceront dans
cette occafion la fupériorité & la jurif-
diction du Corps. Le bon ordre exige
encore, que le miniftère public foit dé-
pofitaire des procès-verbaux de ces vifi-
tes. Les conteftations & difficultés, qui
furviendront dans ces Colléges, à l'occafion des études, & qui feront d'une
certaine gravité, feront portées au Tribunal académique & jugées définitive-
ment par lui. Il régnera la correfpon-
dance la plus intime, & une commu-

nication réciproque de lumieres & d'é-
mulation, entre les Univerſités & ces
Colléges territoriaux, qui feront cenſés
en être des émanations, des annexes &
des colonies. Ceux-ci à leur tour joui-
ront avec raiſon du même droit d'inſpection ſur les écoles ſubalternes des Villes,
Bourgs & Villages du Diſtrict, où l'enfance eſt formée à la lecture, à l'écriture,
& aux premiers élémens de la Religion,
pour être ainſi préparée à paſſer dans leurs
mains, & à recevoir une inſtruction plus
forte & plus abondante. Cette premiere
inſtitution eſt eſſentielle, & mérite bien
des ſurveillans éclairés & intéreſſés.

Par cet arrangement ſi ſimple & ſi naturel, les Univerſités, les Colléges, &
les Pédagogies formeront dans cet état,
l'adminiſtration, l'ordre, & en quelque
ſorte la Hiérarchie ſcholaſtique & littéraire. L'enſeignement général ainſi ré-
glé, & revêtu authentiquement de cette
forme méthodique, graduelle, & tou-
jour

jours une , imitera parfaitement la sage œconomie de toutes les autres branches de l'administration publique , celle de l'Eglise partagée en Métropoles , en Evêchés , & en Paroisses ; celle de la Justice distribuée en Cours Souveraines , & en Tribunaux inférieurs de différentes classes ; la Militaire confiée à des Gouverneurs en chef , à des Commandans particuliers , & à des Commandans locaux ; chacune des autres enfin , toujours composée d'un enchaînement d'ordres successifs , étroitement liés , & dépendans les uns des autres. Cet empire pacifique des Lettres , qui n'a à combattre que l'ignorance , les préjugés & les mauvaises mœurs , florissant sous l'abri des Loix & de l'autorité , nécessairement & intimement uni par une infinité de rapports & d'intérêts avec toutes les autres parties de l'Etat , n'en troublera jamais, mais en conservera précieusément l'unité & l'harmonie. Il sera en un mot exactement for-

D.

mé fur le plan de ce vafte enfemble qui
embraffe tout.

XII.

Réponfe à une objection tirée du Tefta-ment Politique du Cardinal de Richelieu.

Un grand Miniftre , fembloit craindre
autrefois le prétendu orgueil des Univerfités. Il exigeoit de leur oppofer un contrepoids. Sans les dépouiller de leurs titres , il vouloit que le dépôt des fciences
fût partagé pour en affurer la conferva-
tion , & maintenoit les Réguliers dans
leurs ufurpations. S'il vivoit aujourd'hui ,
il trouveroit fes craintes vaines ; il juge-
roit fes précautions fuperflues , & il ap-
plaudiroit à nos vûes. Il fe convaincroit ,
que l'Univerfité embellie par fes bien-
faits , & toutes celles du Royaume bornées à leur objet propre , & juftement
foumifes à l'infpection fupérieure du
Gouvernement & du Parlement , mere-

tent toute leur gloire à concourir au bien
de l'Etat, par la voie des lumieres & de
l'inftruction, & n'ont ni la volonté, ni
le pouvoir de fe livrer à aucunes vûes am-
bitieufes. Frappé de l'utilité de ces Académies, dont il donna l'idée par la fon-
dation de la premiere, qui ne font com-
pofées que de nos vrais Concitoyens, qui
cultivent en paix les branches particulieres des Sciences & des Arts, qui aggran-
diffent & affermiffent ainfi la bafe des
faits & des connoiffances de détail, fur
laquelle les Univerfités doivent conftruire
& perfectionner le grand édifice de l'éducation publique ; il verroit dans ces Corps
littéraires le contrepoids qu'il deman-
doit, & un fecond afyle pour les Lettres,
beaucoup plus convenable à tous égards,
plus analogue à l'intérêt de l'Etat & infi-
niment plus fûr. La Pourpre qui l'atta-
choit à la Cour Romaine, & qui lui inf-
piroit plus de ménagement pour les Ordres qui en dépendent, que pour les

Grands du Royaume qu'il gouvernoit,
n'empêcheroit pas l'homme d'état de reconnoître le danger aujourd'hui bien dé-
montré d'une éducation confiée aux
mains étrangeres, qu'il jugeoit à propos
de conferver. Animé de l'amour de la
Patrie qu'il fervit fi bien, & plus inftruit
fur cette matiere mieux éclaircie de nos
jours, il fentiroit avec tous les bons Citoyens, que le fyftême fcholaftique pro-
pofé doit exciter l'émulation la plus ar-
dente entre les Univerfités, ou les anciennes Académies & les nouvelles, entre les Univerfités elles-mêmes, entre
celles-ci & leurs Colléges territoriaux,
& que fon exécution conftamment fui-
vie, peut porter affez promptement la littérature Françoife au plus haut point de
perfection & de gloire.

XII I.

Moyens de trouver des sujets pour les
Places de Professeurs des Colléges.

Pour accélérer cette heureuse révolu-
tion, il ne suffit pas d'avoir travaillé à
illustrer les Universités, d'avoir pourvu à
leurs Chaires, & de leur avoir affilié les
Colléges voisins. Il faut encore chercher
un nombre suffisant de sujets capables,
pour occuper les places des nouvelles Colonies, qu'il s'agit de révivifier & de rendre dignes de cet aggrégation honorable,
& d'un redoublement de confiance de la
part du public. On a déja remarqué que
l'exclusion donnée aux Religieux pour
ce ministère, occasionneroit infailliblement un reflux utile à nos vûes dans les
deux classes des Ecclésiastiques Séculiers
& des Laïques, qui doivent seuls en être
chargés. L'Université secondée de toutes
celles du Royaume, trouvera un grand
nombre des ces dignes Instituteurs de la
jeunesse Françoise. Les Evêques, les

Magiſtrats, les Hôtels de Ville, les Corps Eccléſiaſtiques & Séculiers, tous les Citoyens feront invités à coopérer à cette recherche intéreſſante protégée par le Gouvernement.

Si le trop grand nombre des Colléges rend la choſe plus difficile, on a tant d'autres raiſons d'Etat pour le diminuer, qu'on ne doit point héſiter de prendre ce parti. La France a beſoin de ſoldats de terre & de mer, de matelots, de laboureurs, de cultivateurs, & d'artiſans de toute eſpèce. Une inſtruction publique & générale trop multipliée, ôteroit à l'Etat un grand nombre de ces bras utiles; s'ils trouvoient trop de facilité à ſe tourner du côté des Sciences & des Lettres, dont la profeſſion flatteroit plus leur amour propre, & dont une intelligence médiocre dans les gens du plus bas étage, nuit ſouvent à la tranquillité des autres Citoyens. Il ne ſera pas inutile que tout ce peuple, qui fait la force de la Na-

tion , ait été convenablement instruit
dans les Pédagogies , qu'imbu des vrais
principes de la Religion , & non d'aucunes idées ou pratiques superstitieuses,
sçachant lire & écrire , il ait appris som-
mairement ce qu'il doit à Dieu, au Roi
& à l'Etat. Il est à présumer, qu'ayant été
ainsi élevé , il en remplira mieux tous ses
devoirs , & sera plus aisément animé de
l'esprit patriotique qu'il faut toujours
inspirer par-tout. Cependant la porte des
Sciences & des beaux Arts, doit être ou-
verte à tout le monde : s'il se trouve dans
le bas peuple & dans les campagnes des
sujets favorablement nés pour les cultiver avec succès; ce sont des germes heureux, que l'Etat doit faire fructifier à
son profit. Les Principaux ou les Professeurs des Colléges chargés de l'inspec-
tion & de la visite des Colléges subal-
ternes, doivent y chercher ces Sujets
distingués , & leur faciliter l'avantage
d'une éducation plus étendue & plus

Inſtructive. Les Paſteurs & les Juges des
Lieux, qu'il importe toujours d'intéreſ-
fer à toute l'adminiſtration Scholaſtique,
feront exhortés à feconder à cet égard
les intentions des Députés des Colléges,
& à fervir leurs Concitoyens.

La réduction des Colléges, quelque
fondée qu'elle foit, doit être faite fui-
vant les mêmes vues & les mêmes régles de prudence, que celles des Univerſités. Il faut être attentif à ne point
bleſſer les intérêts des Villes, qui ont
fait des efforts pour ménager à leur jêu-
neſſe une inſtruction gratuite & com-
mode. Il y a des Colléges qui pourront
être utilement réduits à un bon enſeignement des Humanités. Il en eſt d'autres,
où il faudra y joindre la Rhétorique.
Ceux enfin, qui feront le plus avanta-
geufement fitués & fondés, auront un
Cours régulier de Philoſophie, & des
Profeſſeurs en tout genre de Littérature
fixé par le plan général. Il paroît que
l'étude

l'étude de la Théologie doit être fixée dans les Universités, comme celle du Droit & de la Médecine ; qu'il ne doit se faire dans les Séminaires, tout au plus, que des leçons abrégées, & nullement systématiques de cette science sublime ; & que ces établissemens pieux doivent avoir uniquement pour but l'esprit Ecclésiastique, la sainteté des mœurs & la préparation aux Ordres Sacrés. La suppression de la Chaire de Théologie dans bien des Colléges, procurera des fonds pour l'érection d'autres Chaires, ou pour l'augmentation des honoraires des Professeurs. Il ne faut pas toujours un grand nombre de Régens, pour donner une éducation complette. On connoît un Collége de Province *, ou trois hommes de mérite, pleins de zèle & de lumieres,

* C'est le Collége de Saint-Quentin, dont M. Desjardins est le Principal. La ville de Saint-Brieu en a un qui est le meilleur de toute la Bretagne, & dont les Maîtres sont des Prétres séculiers.

E

toujours parfaitement d'accord, enseignent avec le plus brillant succès, & plus promptement qu'à l'ordinaire, les Humanités & la Rhétorique. Pour faire si bien, & avec si peu de Sujets, il faudroit qu'il s'en trouvât plus communément d'aussi distingués que ceux dont on vient de parler.

X I V.

Nécessité d'un entretien honnête pour les Professeurs des belles Lettres.

Pour donner aux Colléges le nombre nécessaire de Professeurs vertueux & éclairés, il est indispensable de leur procurer un entretien fort honnête. Les gens de Lettres ne doivent vivre, ni dans l'opulence, ni dans le besoin. Les richesses les jetteroient dans la molesse. La pauvreté qui n'a rien de plus dur que le mépris injuste qu'elle attire, troubleroit leur tranquillité, diminueroit leur considération, & retréciroit les facultés de leur ame. L'application des

fonds confacrés à l'éducation de la jeuneffe, eft ici fans contredit le principal
moyen pour fournir à la fubfiftance
convenable des nouveaux Maîtres. Une
adminiftration plus fage & plus œconomique des mêmes fonds pourroit les
augmenter. La réunion des Colléges trop
voifins donneroit une autre facilité pour
remplir le même objet ; mais il faudroit pour dédommager les Villes du
facrifice qu'elles auroient fait , établir
des Bourfiers à leur nomination , dans
l'Ecole qui auroit abforbé les autres.
L'admiffion des Penfionnaires , la co-ha-
bitation & la commenfalité des Régens
dans le Collége, feroient des reffources
décentes pour en diminuer la dépenfe
& groffir le revenu ; elles ferviroient en
même-tems à refferrer les nœuds de la
fraternité , qui doit régner entre tous
les Maîtres , & l'attachement paternel
que ceux-ci doivent avoir pour des jeunes gens, dont les familles fouvent fort

éloignées, leur ont confié le soin. Enfin ;
l'union de quelques bénéfices aux Colléges mal rentés, pourroit aisément leur
donner une consistence plus solide &
plus brillante. N'oublions pas d'observer
qu'il est juste de ménager un peu plus de
commodité & d'aisance aux Professeurs
émérites qui auront vieilli dans le métier
pénible de l'instruction ; & que tous
ceux qui y auront acquis de la célebrité,
sont dans le cas de mériter l'attention &
les graces du gouvernement.

Les mêmes vues d'utilité publique qui
animent constamment l'Université, l'ont
forcée à proposer la réduction des Colléges pour laquelle les grands hommes
d'état ont toujours incliné. Elle ne doute
point cependant que ses efforts réunis
avec ceux des autres Universités, des
Villes & des différens Ordres des Citoyens ne fournissent des secours assez
abondans pour l'entretien de tous les
Colléges actuellement existans. Elle sa

livre avec le plus grand zèle à la recherche & au choix des Sujets les plus méri-
tans pour remplir cet objet essentiel.
La sage prévoyance du Parlement lui a
ménagé un moyen sûr de les connoître
par la disposition des fonds qui servent
aux prix de l'Université. Il seroit bien
à désirer qu'on eût par-tout une ressource
si propre à exciter l'émulation & à mani-
fester les plus grands talens. L'Université a dans son sein des fonds consi-
dérables , dont la disposition ne lui
appartient point , & dont une administration nouvelle , plus réguliere , or-
donnée & protégée par le gouvernement rémedieroit à des abus qui la
font gémir , & la mettroit à portée
d'établir une pépiniere d'excellens Instituteurs pour toute la jeunesse Françoise.
Dans tout ce que l'Université propose
ici , elle croit devoir tendre à la plus
grande perfection , & travailler pour la
postérité. Elle sent d'ailleurs qu'une partie des moyens qu'elle présente sont

trop lents, pour opérer un remplacement prompt des Réguliers que la fageffe éclairée du Parlement a exclus de
l'inftruction publique. Si la néceffité de
ce remplacement étoit urgente, l'Univerfité offriroit d'abord un certain nombre de fes Membres les plus exercés &
les plus accrédités, pour occuper les
places de Principaux, qui font fans
doute les plus importantes; elle en auroit auffi pour remplir les Chaires de
Profeffeurs; mais elle croiroit alors pouvoir y admettre les Sujets qui ne font
point encore Maîtres-ès-Arts, pourvû
que leur capacité fût d'ailleurs bien
conftatée. Elle penfe cependant qu'il
importe de faire une Loi pour la fuite,
qui affujettiffe tous les Régens à la
Maîtrife-ès-Arts, comme à un préliminaire indifpenfable, pour que les ruif-
feaux ne faffent point tarir les fources,
que les Univerfités foient fréquentées,
& que le pouvoir d'enfeigner émane
légalement & authentiquement des

feuls Corps autorifés à le conférer. On
fe départiroit de même pour le mo-
ment du projet des concours ou des dif-
putes, auxquelles on fuppléeroit par l'attention la plus fcrupuleufe dans le choix
dont il s'agit, & dont on prefcriroit
l'exécution fi évidemment utile pour
avenir.

Tandis que l'Univerfité qui ne cher-
che ici qu'à fervir la patrie, veillera
avec toutes celles du Royaume, au
maintien de la difcipline & de la doctrine Scholaftiques fixées par le plan
général; elle fentira toute l'importance
& la juftice de l'infpection qu'exerceront
les premiers Pafteurs dans les Colléges
& dans les Pédagogies relativement à la
Religion. Elle verra de même avec joie
que des Citoyens prudens & éclairés,
choifis par les Villes, & tirés fur-tout
de la claffe des Gradués, foient chargés
de la feconder, pour bannir le relâche-
ment, & les abus de toutes ces Ecoles.

Enfin , elle ne craindra point que l'ordre ou la hierarchie Littéraire ſoit troublée , & qu'elle éprouve la moindre atteinte , puiſqu'une fois autoriſée par la Loi , elle ſera ſous la main du Miniſtere public & de la Magiſtrature ſupérieure. L'Univerſité s'expliquera plus en détail , quand elle ſçaura combien de Colléges il y a à remplacer , quel eſt le nombre de Maîtres qu'on deſire , & quel eſt le traitement qu'on leur deſtine. Elle croit enfin , devoir propoſer ici une invitation générale à tous les Sujets propres à l'inſtruction publique , de venir ſe faire inſcrire chez le Recteur , ou dans les autres Univerſités du Reſſort , pour pouvoir être pourvus des places vacantes , apès un examen convenable.

X V.

Conſidération qui eſt dûe aux Profeſſeurs des belles Lettres.

près avoir pourvû à un entretien décent des Profeſſeurs de belles Lettres,

on en groffira s'il le faut le nombre, &
l'on en ranimera le zèle par un moyen
raifonnable, fûr & d'un ufage facile dans
une Monarchie, dont l'honneur eft le
reffort principal ; c'eft en les traitant
avec plus d'égards, on pourroit dire
avec plus de refpect. L'importance frappante de l'éducation publique, la gran-
deur & l'univerfalité des fervices qu'elle
rend, devroient dans toute Nation capa-
ble de penfer & de réfléchir, élever les
Inftituteurs qui y préfident, à un très-
haut dégré de confidération. Comment
pourroit-on fenfément la refufer, à ceux
qui nous ont appris à la mériter ? Quelle
injuftice, & quelle ingratitude monf-
trueufe d'en ufer légérement & avec de-
dain envers ces Maîtres habiles & prudens fans qui nous ne ferions jamais
devenus ce que nous fommes ? Il n'eft
point affurément de fonction dans l'Etat,
qui exige en même-tems tant d'étude,
tant d'acquit, tant de talens réels, tant

d'affiduité & de peine , tant de flexibi-
lité & d'exercice de l'efprit, que l'inftruction publique. En eft-il donc qui foit
plus digne de nos hommages & de notre
reconnoiffance , & ce tribut légitime
pourroit-il être trop fincére & trop uni-
verfel de la part des bons Citoyens ?
L'eftime des Lettres & le peu de cas
qu'on fait de ceux qui les enfeignent ,
forment dans une Nation la contradic-
tion la plus bizarre & la plus difficile à
réfoudre. On pourroit la faire rougir , en
lui rappellant la vénération finguliere
dont les Peuples qui furent la terreur & la
lumiere de l'Univers , honoroient leurs
Maîtres, & leurs guides dans le chemin
de la vérité & de la vertu ; & en leur
mettant fous les yeux l'efpece de culte
que les Héros de l'antiquité , les plus
grands Monarques , & les Conquérans
même , rendoient aux fciences, & aux
hommes illuftres qui les cultivoient &
en inftruifoient leurs contemporains.
C'eft fur ces modéles & fur ces exem-

ples refpectables que les Empereurs
Romains, nos Rois, & tous les Princes
de l'Europe, ont formé un Corps de
Légiflation le plus avantageux aux Lettres, à ceux qui les profeffent, & à
l'Etat qui doit fur-tout en recueillir les
fruits.

L'Univerfité n'ambitionne aujourd'hui
aucune grace particuliere. Satisfaite &
glorieufe, fans enflure, des titres,
droits & prérogatives, dont la bonté
éclairée de nos Rois fes Auguftes Fondateurs & Protecteurs l'a favorifée, elle
fe borne à en demander l'exacte confer-
vation qu'elle s'efforcera toujours de mériter. En defirant pour l'avantage des
Lettres & pour le bien général, que les
Ufurpateurs étrangers qui en jouiffent
injuftement, en foient plus formelle-
ment exclus par la Loi & par l'autorité;
elle croit devoir en folliciter l'extenfion
aux nouveaux Coopérateurs & aux Colonies, dont elle propofe l'établiffement,
& qui doivent aggrandir fon exiftence

& fon utilité. Elle ne fçauroit trop ré-
péter que dans cet état l'honneur eft
l'aliment le plus naturel & le plus folide
des Arts. Elle penfe que le defir de la
gloire, & l'efpérance de la confidération
publique, font les refforts & les aiguil-
lons les plus puiffans pour ranimer tout
dans l'empire Littéraire, lui donner plus
de ftabilité, & le rendre le plus floriffant.
Dans le choix intéreffant des Maîtres
dont elle va s'occuper férieufement,
elle ne s'attachera point feulement à la
fcience, à la capacité & aux dons de
l'efprit ; elle exigera de plus les qualités
du cœur, les mœurs & la décence. Sans
cette heureufe réunion, ils feroient in-
dignes de la profeffion honorable des
Lettres, & rempliroient mal les nouvelles vues que l'Univerfité propofera,
pour perfectionner le grand ouvrage de
l'éducation publique, quand elle en re-
cevra l'ordre du Tribunal fupérieur qui
l'honore de fa protection & de fa confiance. *F I N.*